기획의 말

그리운 마음일 때 'I Miss You'라고 하는 것은 '내게서 당신이 빠져 있기(miss) 때문에 나는 충분한 존재가 될 수 없다'는 뜻이라는 게 소설가 쓰시마 유코의 아름다운 해석이다. 현재의 세계에는 틀림없이 결여가 있어서 우리는 언제나 무언가를 그리워한다. 한때 우리를 벅차게 했으나 이제는 읽을 수 없게 된 옛날의 시집을 되살리는 작업 또한 그 그리움의 일이다. 어떤 시집이 빠져 있는 한, 우리의 시는 충분해질 수 없다.

더 나아가 옛 시집을 복간하는 일은 한국 시문학사의 역동성이 드러나는 장을 여는 일이 될 수도 있다. 하나의 새로운 예술작품이 창조될 때 일어나는 일은 과거에 있었던 모든 예술작품에도 동시에 일어난다는 것이 시인 엘리엇의 오래된 말이다. 과거가 이룩해놓은 질서는 현재의 성취에 영향받아 다시 배치된다는 것이다. 우리는 현재의 빛에 의지해 어떤 과거를 선택할 것인가. 그렇게 시사(詩史)는 되돌아보며 전진한다.

이 일들을 문학동네는 이미 한 적이 있다. 1996년 11월 황동규, 마종기, 강은교의 청년기 시집들을 복간하며 '포에지 2000' 시리즈가 시작됐다. "생이 덧없고 힘겨울 때 이따금 가슴으로 암송했던 시들, 이미 절판되어 오래된 명성으로만 만날 수 있었던 시들, 동시대를 대표하는 시인들의 젊은 날의 아름다운 연가(戀歌)가 여기 되살아납니다." 당시로서는 드물고 귀했던 그 일을 우리는 이제 다시 시작해보려 한다.

기획의 말

그리운 마음일 때 'I Miss You'라고 하는 것은 '내게서 당신이 빠져 있기(miss) 때문에 나는 충분한 존재가 될 수 없다'는 뜻이라는 게 소설가 쓰시마 유코의 아름다운 해석이다. 현재의 세계에는 틀림없이 결여가 있어서 우리는 언제나 무언가를 그리워한다. 한때 우리를 비추게 했으나 이제는 읽을 수 없게 된 옛날의 시집을 되살리는 작업 또한 그 그리움의 일이다. 어떤 시집이 빠져 있는 한, 우리의 시는 충분해질 수 없다.

더 나아가 옛 시집을 복간하는 일은 한국 시문학사의 역동성이 드러나는 장을 여는 일이 될 수도 있다. 하나의 새로운 예술작품이 창조될 때 일어나는 일은 과거에 있었던 모든 예술작품에도 동시에 일어난다는 것이 시인 엘리엇의 오래된 말이다. 과거가 이룩해놓은 질서는 현재의 성취에 영향받아 다시 배치된다는 것이다. 우리는 현재의 빛에 의지해 어떤 과거를 선택할 것인가. 그렇게 시사(詩史)는 되돌아보며 전진한다.

이 일들을 문학동네는 이미 한 적이 있다. 1996년 11월 황동규, 마종기, 강은교의 첫 시집들을 복간하며 '포에지 2000' 시리즈가 시작됐다. "생이 덧없고 허기질 때 이따금 가슴으로 암송했던 시들, 이미 절판되어 오래된 명성으로만 만날 수 있었던 시들, 동시대를 대표하는 시인들의 젊은 날의 아름다운 연가(戀歌)가 여기 되살아납니다." 당시로서는 드물고 귀했던 그 일을 우리는 이제 다시 시작해보려 한다.

모자는 인간을 만든다

문학동네포에지 067

김상미 시집

모자는
인간을
만든다

초판 시인의 말

나는 시에 대해 얼마나 알까?
거의 아는 게 없다.
그러기에 나는 쓴다.
계속 쓰다보면
시가 내 쪽으로 바짝 다가오거나
내가 시 쪽으로 바짝 다가가는 날이 오겠지.
그날이 오면 진짜 좋은 시와 사랑에 빠지고 싶다.
시 없이 혼자 살아갈 순 없을 테니까.

1993년 9월
김상미

개정판 시인의 말

29년 만에 절판되었던
첫 시집 『모자는 인간을 만든다』를
다시 세상에 내놓는다.
누구에게나 '첫'은 소중하여
무척 기쁘고 고맙다.

쓰러진 나무가 되지 않게
버팀목이 되어준
문학동네에 감사드린다.

2022년 12월
김상미

차례

세미나

오늘의 주제는 마르크스였다.

우리는 세미나를 시작하기 전에 커피를 한 잔씩 마셨다. 나는 왼쪽 창가에 앉았다. 이론에 강한 그들은 끊임없이 열변을 토하고 있었다. 나는 엥겔스가 굶고 있던 마르크스에게 식량을 가져다주는 장면을 떠올렸다.

연민과 존경으로 엥겔스의 시선은 성에 낀 유리창처럼 아름다웠으리란 생각이 들었다.

누군가가 소리쳤다. 마르크스의 예측은 오류를 범했다고. 사회주의는 그토록 날카롭고 이지적으로 사람의 마음을 파고들지만 유머가 없다고. 유머가 없다는 것은 자유롭지 않다는 증거라고—

사람들은 모두 마르크스가 부르주아 출신이었던 것을 잊고 있다.

부르주아 출신이 프롤레타리아식 커피 맛을 어찌 알겠는가!

거대한 토론의 한가운데 작은 토론은 죽고, 그 자리에 남은 우리는 슬그머니 자본주의적 미소 속에 그를 끌어당기지만, 무자비하게 벗겨버린 그의 옷을 다시 입힐 수는 없었다.

마치 그것이 가장 정확한 결론인 양—

그녀와 프로이트 요법

입술이 새빨간
그녀는
날마다 시달리는 환각에서
벗어나기 위해
의사를 찾았다

프로이트 추종자인
그 의사는
모든 것에
성적 과잉 반응을 보였다

그녀는
메타피직 운율로
계단을 오르고
마지막 계단에선
중력을 느꼈지만

의사는 프로이트에 의한, 프로이트를 위한
처방책을
그녀의 자궁 깊이
들이부었다

날마다 그녀는 성욕에 시달리고
햇빛 속을 달리는

자전거 바큇살만 보아도
온몸에
화상을 입었다

어느 날
그녀는 진찰실 문을 밀고 들어가
삽시간에
의사를 덮쳐버렸다

정말 예민한
프로이트 요법이었다

오후 세시

오후 세시의 정적을 견딜 수 없다
오후 세시가 되면 모든 것 속에서 내가 소음이 된다
로브그리예의 소설을 읽고 있을 때처럼
의식이 아지랑이로 피어올라 주변을 어지럽힌다

낮 속의 밤
똑 똑 똑
정적이 정적을 유혹하고
권태 혹은 반쯤은 절망을 닮은 멜로디가
문을 두드린다
그걸 느끼는 사람은
무섭게 파고드는 오후 세시의 적막을 견디지 못해
차를 끓인다

나 또한 그렇다
부주의로 허공 속에 찻잔을 떨어뜨린다 해도
순환의 날카로운 기습에 눌려
내면 깊이에서 원하는 대로
차를 마실 것이다

공약할 수도 훼손시킬 수도 없는
오후 세시의 적막
누군가가 일어나 그 순간에 의탁시킨
의식의 후유증을 턴다

그러나 그건 제스처에 불과하다
오후 세시는 지나간다
읽고 있던 책의 한 페이지를 덮을 때처럼
뚝딱 뚝딱 뚝딱……
그렇게 오후 세시는 지나간다

정적 안에서 소용돌이치던 정적 또한 지나간다
흐르는 시간의 차임벨 소리에 놀라
여전히 그곳에 남아 있는 건
우리 자신의 내부,
그 끝없는 두께뿐이다

화장

나는 날마다 화장을 한다
서른을 넘기면서
더 아름다워진 여자의 속살에도
플로럴 향수를 뿌린다
아무도 건드리지 않아
맑은 눈물샘에도
산스타 한 방울 떨어뜨린다

거울 속의 내가 울고 있구나
거울 밖의 나는
모래처럼 바싹바싹 흩날리는데
거울 속의 나는 호수 위에 내려앉은
꽃잎 같구나

나는 날마다 화장을 한다
세상에 믿을 것은 거울뿐인가
나와 내가 마주앉아 벗겨내는
운명의 껍질이
새빨간 입술 끝에 그늘을 만들고
조금씩 조금씩 신음하던
내용이
화장한 내 모습 속에서
활짝 열리고 있다
나는 날마다 화장을 한다

그렇게
그런 식으로

나의 적

나는 남자를 적으로 가진 적이 없었다
그들이 나 때문에 주먹을 쥐고
현학의 이빨을 들이댈 때에도
나는 그들을 좋아했으므로
웃음만 베어먹고 있었다

그러나 이제 나 스스로 그들을 적으로 만들려 한다
머릿속이 넓어지면서
그들은 구두를 닦듯이 여자를 갈아치웠다
때로는 엉망으로, 때로는 가볍게
여자들의 가슴에 앙금을 남겼다

나는 그들을 좋아했으므로
그들의 넓은 머릿속에 잔디를 깔고
집을 짓고 그들의 아이들을 낳고 싶었다

그러나 이제 나 스스로 그들을 적으로 만들려 한다
그들의 넓은 머릿속에 풀 한 포기 심지 않을 것이며
되도록 그들 가까이 서지도 않을 작정이다
그들은 나의 적이다

본다는 것

길을 건너지 말아요 빨간불이 갑자기 내 발을 붙잡았네 어제 산 보라색 구두 오호, 예쁘기도 해라 작고 귀여운 두 발 파도처럼 넘실대던 햇빛 하나 구두 안에 갇혀보고 싶어, 보고 싶어 내 발을 건드리네 아하, 뭔가를 본다는 것이 이렇게 기쁘고 즐거울 줄이야 내 시선이 내게로 되돌아와 나 자신을 내가 바라보는 것만 같네

모자는 인간을 만든다

—모자는 인간을 만든다—라는
막스 에른스트의 그림을 본다
스물여섯 개의 모자가 제각기의 공간 속에 숨어서
보이지 않는 인간의 형상을 연출해낸다
누워 있는 사람
앉아 있는 사람
엎드리거나 벽에 기댄 채 서 있는 사람……
자세히 들여다보면 꽃밭에 떠 있는 사람도 있다

나는 재빨리 그림 속으로 들어간다
표정을 잃어버린 색깔들의 좌충우돌
그 소용돌이 속에서 모자를 집어 올린다
예술과 인간의 대립이 세찬 바람을 일으키며
무방비 상태의 내게로 불어온다
모자들이 날아가기 시작한다

—모자는 인간을 만든다—
그러나 나는 아직 모자를 쓰지 못했다

해후

그들은 서로를 보고 말았다 본능적으로 뒤돌아서면서 서로를 알아보았다 십 년의 세월이 그사이를 흘러갔다 그들은 늙었다 그러나 서로의 간격이 가까워지면서 그들의 표정은 몰라보게 젊어져갔다

그들은 마주서서 서로를 바라보았다 손도 내밀지 않았고 가벼운 포옹도 하지 않았다 다만 서로를 바라보기만 했다 등돌릴 수 없는 사랑이 그들의 가슴을 아프게 했지만 그들은 기쁘게 돌아섰다 앞으로 십 년은 능히 더 견딜 수 있으리라 생각하면서

미스 무존재

그녀는 담배에 불을 붙인다
어떤 집 베란다 안에서 빠져나온
웃음소리가
그녀의 손가락 끝에 와서 부서진다
사람들이 말하는 행복, 작은 행복
은밀하게 다가왔다가 순식간에
사라지는 행복이란 것
그녀는 길게 연기를 내뿜는다
길이 내려다보이는 어디쯤에선가
잠시 멈추어 섰다가
홀연히 자취를 감추는 담배 연기
그렇게 그녀는 저녁 베란다에 나와
밤을 기다린다
어둠은 언제나 수직으로 내려와
그녀를 덮었다
희미하게 혹은 밝게
건넛집들의 베란다에 불이 켜진다

—미스 무존재, 미스 무존재—
언제부터인가 사람들은 그녀를 그렇게 불렀다
꿈같은 일
뭔가 목숨을 내걸
그런 일이
그녀에겐 필요하다고 했다

그녀는 다시 담배에 불을 붙인다
밤과 어둠 속으로 빨려들어가는 담배 연기
그 사이로 그녀의 얼굴이 보인다
누구보다도 따뜻하고 활기찬
자유로운 얼굴이
사람들이 전혀 눈치채지 못한
미스 무존재의 진짜 얼굴이

그럼에도 여전히 사람들은 쑥덕거린다
꿈같은 일
뭔가 목숨을 내걸
그런 일이
그녀에겐 필요하다고

사생활

사생활이 어떠냐고요?
그걸 알아내려면 힘이 들 거예요
제 사생활은 무수한 인용구로 뒤덮여 있으니까요
사생활이 복잡할 것 같아 흥분이 된다고요?
아, 그러지 말아요
당신들이 보고 느끼는 것
그 위에 약간의 연막을 쳐놓았을 뿐이니까요
구별하고 상상하는 건 당신들의 자유이겠지만
그러나 아무리 굴절시켜봐도
제 사생활은 전통적인 방식으로 개방되어 있는
세계지도 같을걸요
욕망, 슬픔, 권태, 두려움에게까지도
전 아주 정신 집중을 잘하거든요
그러니 개방적일 수밖에 없잖아요

저는 '여기에' 있고
당신들은 '거기에' 있다는 것
그걸 제외하고 나면
우리 사생활이라는 게
뭐 별다른 게 있을라고요
생에 대한 확실한 알리바이
그게 무엇이든
그곳에서 청아하게 살아가고 싶은,
그게 제 사생활의 전부예요

당신들은 그렇지 않은가요?

반성

반성으로 시를 쓰는 사람도 있고
반성하지 않음으로써 역사에 이름을 남긴
사람도 있다
하급반 학생들은
반성문을 쓰면서
상급반으로 진학하고
상급반 학생들은 반성문을 거부함으로써
서서히 자아에 눈떠간다

반성: 자기 자신의 행위에 대하여 잘못이나 모자람이 없는지를 스스로 돌아봄
으로써
반성은 변화를 낳고
변화는 삶과 이음동의어가 되어
습관성 도태의 물집을 터뜨려
재빨리 그 위에 '낙담 절대 금지'라는 마침표를 찍는다

그러나 조심하라
모든 것은 끝까지 가봐야만 안다
반성이 사람을 부르고
아무도 그것에 대답하지 않는다면
오히려 반성 때문에 더 냉혹해진
절망을 만날 수도 있다
반성은 속죄와 달라 우연과 가깝고

우리 자신의 내부와 함부로 관계하지 않는다

누군가가 반성으로 시를 쓰는 것도
반성하지 않음으로 해서 역사에 이름을 남기는 것도
은밀히 말하면
꿈보다 해몽이 좋다는
—반성의 그 진짜 모습 때문일 것이다

어느 날 한밤중

나는 듣는다
전화벨 소리
샤워기에서 쏟아지는
밤비를 맞으며
한밤중
적막을 깨며 달려오는
소리
누군가?
내 밤을 넘보는 사람은?
그 사람과 나 사이엔
아무도 없고
난 지금 무방비 상태로 몸을 열어놓고 있는데
누군가?
날카롭게 나를 뚫고 들어오려는
사람은?
전화선을 통해
발톱을,
은밀한 숨결을 들이대려는
사람은?
보풀이 되어 일어나는
호기심을,
기대를
뜨거운 샤워기로 밟으며
나는 듣는다

몇 번 더 울리다 멎는
전화벨 소리
이 한밤
결국 내 쪽으로 오지 못한
누군가의
발자국 소리

그냥 이대로 살아보고 싶다고?

그냥 이대로 살아보고 싶다고?
절절 끓는 의욕에
헉헉 숨막혀 하면서도
절망보다 두 층 높은 곳에
한 발만 올려놓고
낭비할 대로 낭비한 시간과의 관계에
어떤 작은 흔들림도
보여주지 않으며?

지나간 일은 아주 잊고
그뒤에 올 사람들 일도 모른 체하고
사악함으로 상승의 기분을 느끼는
무수한 개자식들에게
그럴 만한 가치가 있는 본때도,
그래, 그 본때의 밑바닥도 파헤쳐주지 않고서?

하루종일 잠만 자는 고양이처럼
불쾌한 포만감만 가지고
이대로 그냥 살아보고 싶다고?
한 덩어리인 채로?

탕. 탕. 탕.
오, 기묘한 상식을 향해
멋지게

방아쇠 한번 당겨보지도 못하고?

가면 속의 연인들

밖에는 비가 내린다
우리는 침대에 누워
비 내리는 바깥을 바라본다
아침 점심 저녁
그렇게 다르던 내부가
갑자기 비의 발굽 아래로
쏟아지면서
나를, 우리를…… 경계선의 끝으로
몰아간다
누가 '우리'라고 했지?
'우리'가 누군데?
방약무인 비는 내부를 어지럽히며
피시시시 머릿속의 마개를 뽑아낸다
하나의 머릿속에 그토록 많은
가면들이 숨어 있었다니
우리는 애써 그것을 보지 않으려
아직도 밖에는 비가 내리고 있겠지요?
시선 속으로 마구 비를 집어넣는다
그러나 우리, 우리는 안다
그 사이에 심연이 하나 가로놓여 있다는 것을
지금도 밖에는 비가 내리고 있군요
우리는 우리를 찌르는
가면의 내부와는 상관없이
비 내리는 창밖으로 시선을 돌린다

그래, 아직도 밖에는,
밖에는 비가 내리고 있다

비극이라니!

싸움이 벌어졌다
좌절한 손들이
여기저기 주먹을 만든다
맞으면 너만 손해다
손해배상금을 염두에 둬야 한다
사람들이 우르르 몰려든다
비극의 현장을 움켜쥐려고
이쪽저쪽 시선을 뿌린다
그러나 비극이라니!
비극은 일대일일 때 생긴다
일대일의 싸움이란 이미 이 시대의
취향이 아니다
우르르
몰려가거나
우르르
몰려오면서
흙탕물이 되거나
거의 진흙탕이 되는
그런 이상한 강을 사람들은 제각기 구두 속에
숨기고 있기 때문이다
비극이라니!
싸우는 걸 좀 보렴
고함치고 던지고 폭언이 오고가지만
저리도 적막한 이마를 보렴

마음보다 기분이 먼저 더워진 탓에
누렇게 변색되어버린
저 눈물을 보렴
비극이라니!
상대편을 이길 수 없게 되자
서슴없이 그와 한패가 되어버리는
그래서 새 구두를 신고 땅보다 먼저 썩는
공기 속을 떠도는
저 유령들의 싸움
비극이라니!
이 망망대해 속에서
이 텅 빈 홀의 한가운데에서
하하하하
비극이라니!

그후의 일은 나도 모른다

지렁이도 밟으면 꿈틀거린다 하기에
지렁이를 밟아보았다
그렇지만 아무런 반응이 없었다
죽은 지렁이를 밟았나
다시 밟아보았지만
그래도 아무런 느낌이 없었다

지나가는 사람더러 한번 밟아보라고 했다
여전히 아무런 반응이 없었다
지렁이도 밟으면 꿈틀거린다던 그 말은
이미 옛말이 되어버렸나?
두 번 세 번 짓밟힌 지렁이의 몸 한 토막이
그만 구두 뒤축에 달라붙어 떨어지지 않았다

비로소 어떤 느낌이 왔다
아, 요즘은 밟는 것이 아니라
토막을 내는 세상이구나

토막 난 지렁이를 구두 뒤축에 달고서
에스컬레이터,
그 망망한 허공 속에 두 발을 뻗는다
끝도 없이 굴러가는 이 시대의 계단,
그 아늑한 단말마 속으로!

그후의 일은 나도 모른다

말

나는 입술이 원하는 대로
나를 키우고
나를 치장했다
뚜껑도 없고
휘장도 없는
만 레이의 커다란 입술처럼
절반은 바닷속에
절반은 폐허 위에
입술을 담그고
한 마리 불가사리처럼
이 세상을 기어다녔다
나는 선택하고 싶지 않았다
나는 무심해지고 싶었다
착란과 거부와 화해 같은 것에
끝없이 당황하고 싶었다
매 순간 달라지는 입술의 고통이
꽥꽥 내지르는 공포에
내 모든 에너지를 다 쏟아부으며
쓸쓸한 환멸을 억누르고 억눌렀다
이빨이 다 빠져나간
거대한 고리
나를 키운 건 바로 그 입술들이었다
언제나 내 목을 자르고
아아아아 절대 고독의 길을 끊어버린 것도

그 입술들이었다
와서 보라 얼마나 기묘한지
텅 텅 텅 빈 동서남북을
숨고 도망가고 쪼개고 공공(空空)거리는
저 허(虛)한 입술들의 활력
나를 키운 게 바로 하룻밤의 꿈,
그 허무한 입술들이었다

한낮

꼬마가 문을 열고 나온다
달랑달랑 고추를 달고
알몸으로

본능적 기쁨으로
나는 꼬마를 안아올린다
꼬마의 향기가
코끝을 툭 건드린다
신학기 냄새같이
가슴이 설렌다

문득 내 눈을 비껴 아득해지는
꼬마의 시선
햇살일까, 바람일까,
우리는 아직 살아 있다일까
따뜻하고 부드럽고 쬐그만
어린것 속에 감춰진
다른 시대 다른 꿈들이
빼꼼 나를 올려다본다

여름 햇살이 눈부시게 거리를 밝히는
그 중간쯤에
나는 꼬마를 내려놓는다
달랑달랑 고추를 달고

알몸으로
꼬마가 세상 속으로 들어간다
보조를 맞추듯
한낮의 그림자
천천히 꼬마 위로 내려앉는다

묵묵부답

홀연히 돌아서는 사람이 되고 싶겠지
싹둑 잘린 나무처럼
모든 걸 반토막 내고 싶겠지

그러나 그늘 냄새 풍기는 골목 어귀에서
최선을 다해 마시는
몇 잔의 술
그뿐이겠지
말짱하면 말짱한 대로
취하면 취한 대로

너도 적
나도 적
우리 모두 적이 되어
제대로 정복 한번 못해본
성문이나
죽어라 두드리겠지

그 한계
그 절망
그 억지
이제는 풀어줄 때 되지 않았니?

새벽은 아직도 말이 없고

일상은 저리도 도도한데!

에피소드 1

우물 안 개구리가 시를 썼다
개굴개굴 개애굴
우물 안 개구리가 쓴 시를
순이가 두레박으로 길어올렸다
새 한글맞춤법에 맞게 쓰여진
우물 안 개구리의 시가
순이의 목 안으로 좌르르 쏟아져들어가
재빨리 순이의 핏속으로 스며들었다
우물 안 개구리의 시는 이제
우물 밖으로 나와
순이가 가는 곳이면 어디든 함께 가게 되었다
시집들이 너무 많아 오히려 갇혀버린 이 시대의 시들
순이의 몸을 빌려 자유로워진
우물 안 개구리의 시는
개굴개굴 개애굴
우물 안 개구리의 귓바퀴를 지나
어딘가로 훨훨 날아가고 있었다

청소

내면내면하지마
보이지않는걸갖고
자랑하지마우습다구

속이시커먼사람도
속이새하얀사람도
흙색으로늙어가긴
매한가지
우리솔직하게형이하학적
자기강조같은것신물나잖아

코에걸면코걸이귀에걸면귀걸이
그런것보다야코귀
모두활짝열어놓고

제역할제때잘하게
청소나깨끗이잘해줌이
낫지않겠니?

연인들

내 몸에서 나가지 마
눈썹이 닿고 입술이 닿고
음부 가득 득실거리던 꿈들이 닿았는데
서릿발 같은 인생
겨우겨우 달랬는데
나가지 마
시커멓게 열려 있는 비존재들,
그 허공 속으로
우린 연인들이야
날마다 새로워지는 마음
금빛 월계관처럼 육체에다 씌우며
몰아, 몰아, 그 뜨거운 파도
그 치열한 외침
인생이 보일 때까지
껴안고 또 껴안아야지
자지러지면 어때
신선한 육체의 광택
바다와 사막을 길어 나르듯
땀 흘리며 몸부림치고 매달리면 어때
숨쉬는 육체의 수렁은
깊고도 깊어
나 네게서 떨어지지 않을래
쫙 쫙 쫙 입 벌리는 관능
몸이 몸을 먹는 경이,

경이 속으로
끝도 없이 흘러 흘러갈래
내 몸에서 나가지 마
우린 연인들이야
더러운 신의 놀라운 흔적들이야

땅이고
하늘이야

보증서

존재 없음의 웅덩이로 기어내려가
다정한 내 존재를 내어주고
번호표를 받아온다
주민등록번호
온라인 번호
몇 개의 카드 번호
비상시에 쓸 수 있는 비밀번호 하나

이제 그것들이 나를 보증하리라
일생 동안 나를 쫓아다니며
나를 원자로 만들 것이다
아원자입자
한 개의 점으로

한 무더기, 한 무리, 한 떼로 불리는
개미, 잠자리, 토끼, 새, 양……들처럼
나 역시 그렇게 숫자 매겨져
불려도 불려도
숨구멍 한 개 더 생기지 않고
갈등 한 점 더 찍히지 않는
그런 종류가 되리라

누군가
한낮의 열기에도 미끄러지지 않는

인간 도감 속의 김상미
그 주민번호를 눌러다오
존재 없음의 웅덩이 밑으로 밑으로
아주 내려가
내 고유한 것들 다 내어주고

거룩한 추락
그것이 내 존재의 진짜 보증서인 것을
승인하겠다

불그림자

불탄다는 말 참 좋지
활활활 열불이 끓어오른다는 말 참 좋지
우우우 뭔가가 일어서는 것 같고
어릴 때부터 쭈욱 함께 자라온 양심이,
양심의 분노가
삶의 눈 밖으로 슬슬슬 사라져가는 것 같지

불은 내 디딤돌이지
삐긋삐긋 내가 밟는 길
왼발이 밟는 걸 오른발이 모르게 밟아가는 길이지
불에 기대어 숨쉰다는 것
스스로 빛을 낸다는 것
정말 서럽지
그것에 대해서도 난 잘 알고 있지
나르시시즘…… 황홀…… 그리고 떨리는 입술들

그래도 불타오른다는 말 참 좋지
커다랗게 구멍이 파이고
잿빛으로 가라앉는 삶
소리치고 싶지 울부짖고 싶지
그러나 대부분의 시간은 불바다를 모르지
스스로 몸을 꼬고 또 꼬을 뿐

그것에 대해서도 난 잘 알고 있지

숲과 더위와 폭풍의 냄새를 풍기며
미친 듯 깊어가는 여름밤
그 낮고 음산한 바람 소리만 들어도
어떤 식으로 내가 불타오르며
어떤 식으로 내가 이 솟구치는 뜨거운 희망들을 죽여가는지
책장을 넘기듯 환하지
불이 개입된 신음 소리
간파당하지 않은 허기 위에 세워진
그 숙연한 무늬들

불그림자
불그림자

귀향

친정 오듯 집으로 들어서지만
반기시는 어머님
뒷모습이 쓸쓸하시다
키 큰 사위 웃음 맛보시는 게
소원이신 어머님

어쩔거나
주머니 가득 불효만 담고서도
어머님 주름 안에
안기고 싶어
틈만 나면 귀향을 서두르니

식탁 모퉁이에 사철 타는
꽃을 꽂고
마당으로 밀리는 햇살 무늬에
그윽한 세상사 읊조리며
어머니, 당신처럼 늙고 싶은데

어쩔거나
잠긴 목줄기로 훅훅 바람만 삼켜
가슴안엔 온통 떨어진 꽃잎들로
어수선하니

그래도 어머님

천천히 그 꽃잎
한 잎 한 잎 주우시어
독 안에 가득 술 담그시어

어쩔거나
시집 안 간 딸자식
친정 오듯 귀향길 홍이나
돋우어주자고
해마다 예쁜 잔에 따라주시니

어머님, 당신 손길
묵묵하심이
항상 그 자리인 듯하여
틈만 나면 이렇듯 귀향을 서두르니

한 사내가 죽었다

한 사내가 죽었다
죽, 었, 다,
라는 의미 뒤로
크고 주름진 어둠의 세계를 열어놓고
한 사내가 죽었다
깊은 나이도 아니었는데
내 손끝에 만져지는 어감은
몹시도 차가웠다
나는 내 앨범 속에서
주파수가 바뀌어버린 그 사내의
사진을 오려내었다
혼자서 홀짝홀짝 마시던 그 사내의
술잔도 깨어버렸다
천천히 고즈넉하게 다가온 밤이
그 사내와 내 희망이 가졌던 시간들을
차례차례 거두어갔다
그제야 나는 울기 시작했다
이제는 까먹기가 훨씬 어렵게 된
그 사내의 이름 석 자 밑에 엎드려
엉엉 울기 시작했다
한, 사, 내, 가, 죽, 었, 다,
매듭처럼 맺히는 아픔이
빈 종잇장 같던 내 마음에
마구 비를 뿌렸다

계속해서 눈물이 건힐 때까지 나는 울었다
온몸이 눈물에 젖어 흥건해지자
그 사내에 대한 아깝고 억울하고 허무했던 느낌도
점차 느릿느릿해져왔다
그리고 그것은 곧 과거가 되어버렸다
꺽꺽거리며 돌아가는 레퀴엠 한끝의
두 눈이 되어버렸다
그래, 한 사내가 죽었다
그리고 언젠가는 그 기슭으로 나도
떠날 것이다
벌써 그 사내가 당기려는 방아쇠 소리가
들리는 것 같다

자전

추억으로 닳고 닳은
내 기억 회로를 틀어막아줘
아님 폭발시켜줘

내가 왼쪽에 서면
넌 오른쪽에 서야 한다는
그 각각의 소외
그 각각의 은둔
집어치워

내 기억 회로에
다이너마이트
그걸 설치해줘
사방이 꽉꽉 막힌 소우주
눈, 코, 입, 귀……
그걸 모두 열어줘

과대 노출
내가 원하는 건
그것뿐이야
그래서 무(無)가 되는 것
지독하게 매력적인
무, 무, 무가 되는 것

그러니 제발
내 기억 회로를 틀어막아줘
아님 폭발시켜줘

녹-다운

녹슨다 녹슨다 시퍼렇게
녹이 슨다

하루가 녹슬고 한 달이 녹슬고 일 년이
녹슬고 십 년이 녹슬었다

위대한 책장사 서점이 녹슬고
종이가 녹슬고 노래하는, 노래하는
니벨룽겐의 반지가 녹슬었다

오늘의 뉴스는…… 오늘의 뉴스는…… 오늘의 뉴스는……
녹슨 뉴스 캐스터의 입술에서
스멀스멀 기어나오는 녹슨 세계 정세
달러가 녹슬고 엔이 녹슬고 리얄이
녹슬고 저 먼 시베리아의 바람까지
녹슬었다 녹은 함몰국으로 떠나는 유랑자인가,
사도인가

내 영혼에까지 찾아온 녹
녹슨 침대에 앉아 녹, 녹, 녹……
그 끝없는 이야기를 듣는다
광활한 녹국에서 불어오는 달콤한 바람 소리
밤새 듣고 있었더니

아, 나는 어디 있나?
녹슨 유물처럼 저 침대에 앉아 있는 게
나란 말인가?
온통 잿가루빛 먼지 같은
저것이?

봄밤

어느 날 밤 나는 담뱃가게 앞에서 걸음을 멈추었네
시 변두리처럼 한적한 밤 친구조차 서로를 비껴가는 밤
혼자서 쓸쓸히 나이테 감으며 휘파람 베어 무는 밤
나는 한라산 한 갑을 샀네 이 나라의 하릴없는 음력과 양력 사이에서 한라산, 그 공허한 장초에 불을 붙였네
심연의 봄밤은 연기보다 짙어 눈앞에 아련한 별똥별들
내 미래의 문 앞으로 자꾸만 떨어져왔네

어느 날 밤 배운 담배 맛, 내 주제는 내가 다스려야 한다는 촌장 같은 담배 맛, 그 백년지계 내 미늘창 안으로 끌어들이며 그때 난 알았네 이 지독한 정령의 독초 속에서 들끓는 내 비애를
아무리 봄소식 그득하여도 꽃 피울 줄 몰라
밤새도록 꽃나무 그림자 아래 그냥 누워만 있을 내 봄밤을

꿈 뜻

아버지, 가지치기하세요. 나는 아버지의 가지예요. 뒤엉키고 뒤바뀐 이 시대, 이 서러운 날들 쳐주세요. 싹둑싹둑 잘라주세요. 아버지 곁에 누워 나도 뿌리가 되고 싶어요. 잔뿌리라도 좋아요. 쭉쭉 땅 밑의 지하수 빨아당기며, 뒤죽박죽 땅 위의 일들 잊고 싶어요. 내 거친 의식으론 감당할 수 없어요. 새로운 사람들, 테크놀로지에 턱이 걸린 사람들. 그들의 가지의 가지가 되긴 싫어요. 땅 밑의 지하수, 지하수의 고통에만 집중할래요. 허물이 되긴 싫어요. 날 낚아채세요. 제발…… 이곳에 있기 싫어요. 삶도 죽음도 아닌 카멜레온의 채찍들. 목줄기를 타고 줄줄 흘러내리는 모래, 모래시계들의 싸늘한 합창. 아, 아버지 제발……

그들은 나를 모른다

짐승들의 울부짖음
그 속에 내가 있다
늘 시작되는 부패
씻어내고 불태워도 내 곁에
그들 곁에 모여드는 짐
그 속에 내가 있다
누군가 나를 벌레 같다고 했다
그래, 난 벌레다
벌레 속에 내가 있다
벌레보다 나은 삶이란 무엇인가?
참으로 우스운 그들의 편견
그 끝에 죽음이 있다

내 안의 야수성
그들이 부러워하면서도
끝내는 물꼬를 막아버린
내 관심을 줄까?
내 희열을 줄까?
아님, 내 몸 전체를 줄까?

짐승 같은 사색의 끝에
내 희망이 있다
치열하게 거듭나는 내 절망이 있다
그건 내 것이다

그들에게 절대 보이지 않는 내 여백이다
그 속에 내가 있다
짐승 같고 벌레 같다는 한 사람이
해바라기처럼 웃고 있다

그들은 나를 모른다

재회

만나고 싶었다 세상에서 가장 조용한 남자
바라보기만 해도 고뇌와 동요가
전속력으로 가라앉는
지금까지 꼭 한 번밖에 만나지 못한 남자
그를 만나기 위해 부산으로 간다
아무 소용 없는 동경과
간다는 것에 대한 후회와
빅 클로즈업된 나른함을
졸
졸
졸
흘려가면서

명령 지렛대 위에 놓인 재회
그걸 단숨에 낚아챈
여자와 남자의 욕망
아래로 깔리는 적막이
이렇듯 청결하다니
정당방위의 즐거움까지
느
껴
가
며

남쪽으로 갈 수 있는 한
가장 빠른 열정으로
만나고 싶었다 세상에서 가장 조용한 남자

집

나는 안다
내가 돌아가는 곳
문, 복도, 문, 복도, 문
그리고 마침내 불이 켜지는 방
그저 앉아 있거나
비스듬히 누워
질문하고
대답하고
질문하고
대답하고
질문하고
대답하고
달리 더 어떻게 할 수도
더 붙잡을 수도 없어
움켜잡은 매트리스
그 위로 쏟아지는 이야기의 빈 통들

그래,
나는 안다
내가 돌아가는 곳
열고 닫고
닫고 열고
열고 닫고
창문만 커다랗게

고통을 겪는
소시민의 함정
그게 어디 집이니? 그게 어디 집이니?
불협화음으로 골수 깊은 웃음
소리
소리
소리의 집
문, 복도, 문, 복도, 문
그리고 마침내 불이 켜지는 방

공수래공수거, 1992년

달면 마시고
쓰면 뱉어내는 게
무슨 주의(主義)처럼 견고해진 이 시대에

찢겨나간 브래지어
열려진 지퍼
난자당한 아홉 살 여린 순결은

한낱 에피소드에 불과하다

세상은 넓어지고
민심은 비좁아져
벗겨진 팬티 조각에 틀어막힌 인권
아무도 꺼내주려 하지 않는다

사람들은 변했다
더이상 남기려 하지 마라
—이름도
—가죽도

우수수 떨어지는 낙엽 자세히 들여다보면
그중의 몇 잎엔 수액의 눈알
아직 남아 있을 것이다
지는 그 순간에도 놓지 않은 생명

그렇다
당신이 주춤하다 놓쳐버린
24시 귀중한 구멍도
영혼을 파고들 때엔 범상해지는 법이다

모든 것은 마음 안에 있다
그 마음 내밀든 내밀지 않든
정신의 능선 따라 어딘가로 가고 있다면
끝도 없이 가고 있다면

제발 더이상 남기려 노력하지 마라
—이름도
—가죽도

공수래공수거

마음 내려놓고 싶다
해와 달 떠오르는 곳에
꽃 피고 꽃 지는 곳에
바람에 우우우 창 흔들리는 곳에
사람과 사람 사이 환유하는 속삭임 속에

마음 내려놓고 싶다
흐르는 물 한 방울에도 집히는 중심 속에
두 갈래 길목에서 고개 드는 지혜 속에
마주 오는 사람이 내뿜는 세월 속에
귀에 익은 노랫가락 첨예한 빗방울 속에

마음 내려놓고
이 세상 땅끝까지 태워버릴 것 같던
마음 내려놓고

퍼런 뒷짐이나 지고 싶다
공수래공수거
팔자걸음으로
천하에 배은망덕 팔자걸음으로

짧은 목격

평론가들의 갈채 안에 똬리 배배 틀고 앉은 작가를 평화만들기 앞에서 우연히 보았다. 갈지자로 취해 비틀비틀하면서도 오, 오, 오를 연발하며 천하를 손에 쥔 듯 의기양양한 작가. 하기사 비트겐슈타인에 의하면 그 사람이 가진 언어의 세계가 그 사람의 세계라 했으니, 전대미문의 언어로 극찬받고 있는 저 작가 고개 번쩍 치켜뜨는 것 당연지사겠지만, 허나 나 한 번도 저 작가의 찬란한 블루로 내 마음 적신 적 없고, 억하심정으로 내 마음 감은 적 없으니—저 작가 혹 불치의 탁상용은 아닌지? 보기만 좋은—휘영청 밝은 달빛 뚝 꺾어 평화만들기로 들어가려던 발길을 나는 볼가로 돌린다. 술도 겸손하게 마시지 않으면 저렇게 달밤에 체조하는 꼬락서니밖에 안 되니…… 취가취무의 전율은 일단 접어두고 커피나 한잔 마셔야겠다. 어디엔들 혹독한 북풍 몰아치는 제방 없으랴. 저 작가 웩 웩 웩 게워내던 술잔 끝이 겨울이지. 아암, 지독한 겨울이고말고!

편 만들기

그는 편 만들기를 좋아했다
이것 아니면 저것
저것 아니면 이것
무관심하거나 어정쩡한 건 모두
잘라버리자고 했다
누구나가 자기 수준 안에 들어와
거기에서 편안하길 원했다
손을 흔들면
모두가 똑같은 영감을 느끼길 원했다
그가 보고 있는 건 우리고
우리가 보고 있는 건 그라고
말해주길 원했다
그의 눈에서 삶이 도망치면
모두가 힘을 합해
그 삶을 잡아주길 원했다
서로가 서로를 포위하되
그에 대한 신봉만은
절대 멈추어선 안 된다고 했다

그러다 세상에서 가장 쉬운 것이 편 만들기이고
가장 놓치기 쉬운 것이 편 만들기 속의 '편'이란 걸
알게 되면서부터
그는 서서히 '편'들을 내다 팔기 시작했다

그는 부자가 되어갔다
머리카락에서 발톱까지
고기 자르는 칼 냄새가 났다
지독한,
내장을 끌어내는 듯한 그 냄새 때문에
그가 아직도 편 만들기를 좋아하는지
아니면 취향이 바뀌었는지
그후의 일은 아무도 물어보는 사람이 없었다

그는 이제 혼자가 되었다
그에게 남은 '편'은 그의 이름뿐이고
그 '편'마저 팔아버리기 위해
그는 자신의 분화구에 가득
기름을 채워 넣고 있었다

즐거운 사랑

난 참 낮게 낮게 사랑에 빠졌다
참 평안하게

언젠가는 질 꽃인 줄 알았기에
허밍하듯
부드럽게 옷을 벗었다

잠자지 않고 밤에도
생각하는 사람
꿈꾸는 사람
있다는 것 알기에

난 참 낮게 낮게 사랑에 빠졌다
참 아늑하게

값싼 집일수록 불친절하므로
구월의 밤바다에선
모래 위에 집을 짓지도 않았다

아무도 내게서 떼어놓지 않고도
남극의 빙산처럼
조금씩 조금씩 나를 녹였다

투명한 높은 생각들은

절대 건드리지 않았다
낮게 낮게 마주치는 사고와
그 사고 밑의 욕심을 탐하지도 않았다

헛되이 웅크리지 않고
내 사랑, 매달리는 그 아래
즐겁게 즐겁게 누워만 있었다
참 순진하게
참 겸허하게

그 사람

나는 그 사람이 거미류라는 걸 안다
새까맣고 긴 다리 사이 탯줄 같은 끈끈한 그물 쳐놓고
자, 들어와 여기 이곳으로……
유인해서는 모든 걸 포획해버리는

일단 정지해보지 않고 들어간 사람
나오는 것 나 못 보았듯이
그 사람 대단한 잡식인 것도 안다

그러나 그게 바로 그 사람 함정 아닐까?
빼앗고 갈취하고 잡아먹는 일……
그만큼 더 홀로서기 어렵지 않을까?

그 독단 스러지고 턱 앞에 우글우글한 비명
제가 쌓은 벽이란 것 알게 되면
그땐 그 사람 어디로 도망갈까?
빽빽이 제가 감은 거미줄
제 손으로 풀 수나 있을까?

인과응보의 그 핏줄 타고 주르르 흘러내리는
그 사람 식은땀 냄새

처음부터 나는 그 사람 손 잡지 않았다
천천히 기우는 물뿌리개에서 쏟아지는 물

꽃밭에 뿌리며
참으로 징그러운 거미 한 마리 본 것뿐이다
그때 그 사람 내 머릿속 통과하며
제 자신이 거미류라는 것
내게 가르쳐준 것뿐이다

공포

사지는 멀쩡한데
시각이 달아나고
미각이 달아나고
후각이 달아나고
청각이 달아나고
촉각마저 이상 현상에 시달린다

컴퓨터는 그걸 알고 있었다고 했다
그를 응시할 때 이미
그를 집중할 때 이미
그의 몸을 더듬을 때 이미
그의 품속으로 파고들 때 이미
그의 범상치 않은 신호음에 동요할 때 이미

무의식을 해체하고
내 몸의 기를 다 뽑아버렸다고 했다

지하도 아닌데
캄캄한 지하실에 갇혀버린 듯
두 손을 뻗칠 때마다
축축한 공동이 한움큼씩 집혀왔다

사지는 말짱한데
뭉텅뭉텅 잘려나간 의식이

메커니즘, 그 비대한 통신망에 걸려
좀비오, 좀비오 떼로 모여들고 있었다
자율, 그 자체를 함몰당한.

슬픈 낙하

또다시 떨어지기 시작했다. 암담하다. 십 년 가까이 그게 사랑이려니 믿어왔던 감정에 거품이 일기 시작했다. 나날이 일제히 깨어나고 있었다. 나는 문을 꽝 닫았다. 허한 것들은 견디기가 어려웠다. 톱니바퀴로 연인의 목을 쳐, 밀어대는 영화를 보며 파르르 돌아누웠다. 그게 하강인지 상승인지 마주앉은 정신을 건드려보았다. 폭죽처럼 터지는 아, 감정이여, 줄을 서서 극장표를 예매하며 저렇듯 십 년 가까이 뭉개지도록 만나고도 잎 다 떨어진 겨울나무 아래엔 혼자 서 있는 사람들. 별의별 싸움 다 붙여놓고 저 혼자 말짱한 정신, 골백번 고개 흔들고 흔들어도 오, 맙소사, 뜻 없이 뒤척이는 사랑. 헛되고 헛된 그 어느 날의 슬픈 낙하.

김시인의 노래

1

도시는 자라고 나는 역류한다 방으로 책상으로 카펫 밑으로 침대 속으로 익사한 시들처럼 부풀려진 도시가 들어온다 흘러들어온다 내가 다니던 도시의 골목길 아스팔트가 차들이 건물들이 흘러넘친다 플래카드 한 장 붙어 있지 않은 내 가슴에서 눈에서 거울 속에서

2

나는 로봇이다
시키는 대로 한다
도시의 외침 어두운 실험실 비정한 치유
그곳에 쭈그려 앉아
자라고 또 자라는 도시의 풀처럼
아무 곳에나 씨를 뿌린다
요란한 사이렌을 울리며 질주하는 구급차
내 피를 팔기 위해
먼 대양을 건너간 아버지
그래도 피는 남아돈다
깨끗이 씻을수록 더 붉어지는 피

3

나는 만신창이가 되어 도시의 계단을 오른다 상승은 아름답다 계단 끝에 서면 구두를 닦고 화장을 하고 최신 도시의 판매대 앞에 서서 한 권의 시집을 살 것이다 방금

인쇄소에서 꺼내온 신선한 시집 밥 대신 그 활자들을 씹고 씹을 것이다 도시는 나를 낳고도 계속 자라지만 나는 로봇이다 어린 소녀를 강간하지도 아이 밴 여자를 탐하지도 않는 도시의 칼끝에 찔린 평화이다

4

도시의 금고는 흘러 흘러넘치지만
내겐 방 한 칸뿐이다
그 방에서 나는 그레고리 잠자의 불안을
타이프로 친다
타이프지를 채우는 진지한 그림자
젊어서 죽은 시인들이
활자에 묻은 내 눈물방울들을 털어낸다
비틀거리는 책상 위로
심연의 겉칠들이 벗겨진다

5

그래도 나는 이곳이 좋다 어마어마하게 자란 도시의 거미줄에 걸려 충격도 없이 소리도 없이 벗겨지는 내 심연을 바라보는 것이, 그 무중력 상태의 위협에 몸을 굽히는 것이, 기웃기웃 잠들지 못한 시들이 수백 수십억의 점으로 나를 분리, 분산시키는 불같은 이 도시가, 타자기 위의 인공 낙원이, 텅 비어 말이 없는 친구들의 적의가, 그 축축한 백지들이 이 도시, 이 지옥의 사계를 비벼대는

것이, 비벼대면서 한 송이 거대한 무공 위를 천연덕스럽게 워킹, 워킹 스텝해 나가는 것이—

김시인의 노래 1

시를 찾아다녔지요. 내 손으로 탁 쳐서 놓쳐버린 시. 허공을 가르며 사라지는 재 냄새, 검은 새떼 사이를. 비명의 비명도 지르지 않고 한숨의 한숨도 쉬지 않고 도대체 뭘 찾고 있는 거지? 이토록 멀리 이웃들에게서 떨어져나와? 키득키득 폭주하는 세상의 눈물방울들을 지나 구멍 뚫려 줄줄 흘러내리는 머릿속의 열이 치닫는 대로 서슬 새파란 회오리바람 맥락도 칠 줄 모르는 탱고를 추며, 눈먼 바람 같은 탱고를 추며, 민들레 꽃씨처럼 겉돌아, 겉돌아 다녔지요. 내 손으로 탁 쳐서 놓쳐버린 시. 한꺼풀 걷어내면 가슴 자락 자락 가련한 기침 소리, 서글픈 잔돌같이 헤픈 시, 시를 찾으려. 야릇한 몸뚱이 굴리며 미친 듯 굴리며 돌아다녔지요. 나를 혹하게 만들 시의 끝, 그 황홀한 자세를 찾으려.

김시인의 노래 2

언젠가는 나도 보고 듣고 말하는 걸 포기하고 깊은 우물처럼 뻥 뚫린 마음을 갖게 되리라 집 지을 줄 모르고 뿌리내릴 줄 모르는 황야의 이리처럼 너를, 아니 내 밑그림들을 갈기갈기 찢게 되리라 그 옛날 누군가가 들려준 예언처럼 귀도 없고 눈도 없고 입도 없는, 가슴 가득 비명뿐인 그런 무존재가 되리라…… 미스 무존재, 미스 무존재…… 아무도 듣지 못하는 메아리 안에 갇혀 죽지도 썩지도 못하는 수렴성 인간이 되어 두드려도 두드려도 열리지 않는 문, 문밖의 미궁이 되어 희미한 옛 삶의 다리 밑으로 자꾸만 머리를 처박고, 처박고 싶어지리라

언젠가는 나도.

그 집

언제나 그 집이 그립습니다
대청마루 한편에서 들려오던 엄마의 다듬이질 소리와
혀를 끌끌 차시면서도 끝까지 신문을 읽어내리시던 아버지
토닥토닥 싸우면서도 동생과 함께 듣던 모차르트, 브람스, 차이콥스키의 〈비창〉이, 김민기의 노래가
뭐든지 숨길 수 있고 그 속에 무엇이 숨겨져 있는지 타인들은 전혀 눈치채지 못하던 집이,
집안의 집,
우리집이 그립습니다

그 집에서 나는 삶의 계율을 익혔습니다
동그랗게 깎인 사과의 심장을 맛보았습니다
불가사의한 가족의 현, 그 나긋나긋한 갈등들을 호흡했습니다
평탄하진 않았지만
사방으로 난 창문 밖으론 하늘이,
구름 한 점 없는 하늘이 그대로 보였습니다
마당 한 모퉁이 깊은 우물 속 질푸른 이끼 냄새가
벽돌 하나하나에 스며들어
냄새만으로도 세월의 굴곡을 느낄 수 있는 그런 집이었습니다

지금은 그 지붕 아래 아무도 살지 않습니다

포클레인의 방문과 함께 시작된 생체 해부 이후
그 집은 도로가 되어버렸습니다
크고 작은 차들로 흩뿌려진 무덤이 되고 말았습니다

가족애는 존재하지만
가족들은 뿔뿔이 흩어졌습니다
추억이, 음악이, 환희의 정령들이, 짙푸른 숨소리가 한없이 배어 있던
벽돌들은 다 어디론가로 사라져버렸습니다
그 집의 내력 또한 거기에서 끝이 났습니다
아무리 애를 써도 더이상 그 집은 성장하지 않았습니다

세계는 집들로 가득차 있었지만
집안의 집, 우리집은
형이상학 속으로 잠겨버렸습니다
그 어디에서도 발굴되지 못한
황금의 사닥다리
그 사닥다리를 오르내리는 건
햇빛뿐입니다
바람뿐입니다
기억뿐입니다
가까스로 타오르는 옛정뿐입니다

그 집이 그립습니다

그 집의 활기, 그 집의 유리창, 그 집의 우물, 그 집의 흙, 그 집의 채송화, 그 집의 가족들이
다 그립습니다
하늘이 무너질까 두려워 잠을 설쳤다던 옛 켈트족처럼
내 삶에서 그 집이 무너져내릴까 겁이 납니다
하여 나는 아직도 그 집에 빗장을 걸지 못하고 있습니다
그 집의 영화처럼 초목을 삼키고, 보도를 삼키고, 시간을 삼키고, 슬픔을 삼키고, 체취를 삼키고, 사람들의 뜨거운 한숨을 삼켜
어찔어찔한 옛 향기로
천천히 심연으로,
심연으로 기울어들고 싶기 때문입니다

그 집은 바다가 보이는 언덕 끝에 있었습니다
그 집이 그립습니다
눈물겹게 그립습니다

어떤 개인 날

할아버지 한 분이
팔랑개비 돌리시며 걸어오신다

팔랑개비를 할아버지가?
까르르까르르 웃는
햇살 속을 걸어오신다

손녀에게 주시려나
어릴 때 동무들 생각나셨나
처연한 바람벽 신변에 치시며

팔랑팔랑 큰 도로를 걸어오신다

눈시울 뜨겁게 걸어오신다

빗나간 화합의 성찬식에서

누구에게나 그들은 참 좋은 사람들이야, 로 소개된다
적당히 절제된 투창 뒤에 차가운 욕망을 숨기고
천상의 불길보다 환한 미소 속에
싸늘한 십자가를 꽂고
오, 인간들이여, 하며
저 밑바닥에서부터 끓어오르는 편견으로
주변을 장악하며 더럽히는
참 좋은 사람들
그들을 만나러 또박또박 하이힐 지상에 찍으며
나는 간다 수척한 얼굴에 분을 바르고
흉흉한 건 나 자신일지도 모른다는
삼중 사중으로 화끈거리는 심장을 달고
블라인드 올려진 어둠 앞으로
질릴 새도 없었던 악취 속으로
나를 던지러 간다
이마 위로 쌓이는 칠흑 같은 우울
조금이라도 웃겨보려고
웃게 하려고
하이힐 또박또박 지상에 찍으며
눈부시게 빤한 위무와 도태 속으로
구둣발을 들이댄다
설렁한 외로움을 들이댄다
참 좋은 사람들
그러나 기대의 끝은 슬프구나

나는 모든 걸 던져 잡으려 했건만
반동에 의한 끄나풀은 태울 자리가 없구나
절대고도의 위협 무릎쓰기 싫어
풀 수 없는 수수께끼 같은 이 화합에 멱살 잡히려 했건만
나는 결국 이중의 죽음
이중의 삶만 붙안고
순진무구한 무의 끈만 놓치고 오는구나
유령처럼
허깨비처럼
빗나간 화합의 성찬식에서

죽음의 집

죽어야 하기 때문에 죽지는 않는다.
언젠가, 그리 오래전도 아닐 때 의식에 강요된
습관 때문에 죽는다.
—바너잼

그녀는 도깨비불이었다. 반짝 켜졌다가 사라지는 도깨비불. 나는 그런 불을 좋아하지 않았다. 그런 맛, 그런 느낌, 그런 포즈. 적포도주처럼 쓰지만 달고 달지만 위험한 그런 모든 표정들을 좋아하지 않았다. 그들과 한바탕 어울려 노니는 것에 나는 전혀 길들지 못했다. 스스로 이목지욕이 내게로 걸어왔다가 그냥 돌아갔듯이, 그렇게 그녀도 왔다가 사라졌다.

그걸 아쉬워해야 하나?
아, 쉽, 다,
라고 느껴야 하나?
그럴까?

기억할 수 있는 것 다 기억해내어도
첫 시집은 어둡고, 어두운 만큼 캄캄한 암벽이고
서서히 둘러쳐지는 검은 휘장일 뿐인데……

쏟아내려면 다 쏟아내보아라. 나는 늘 마지막에 강하니까.

마지막 내미는 손, 마지막 키스, 마지막 정사, 마지막 시집, 마지막 움직임, 마지막 인상……

그때,
여왕처럼 취해 있던 도깨비불 하나 건드렸다 하여
이매망량들
하하 호호 헤헤 깔깔 낄낄 우우우우……
시퍼런 불 있는 대로 다 켜고
꿀꺽꿀꺽 삶 다 삼켜야 했을까?

햇빛 찬란한 대낮에도 잠들 수 있고
도깨비불 아무리 반짝거려도
무서운 줄 모르고 알려고도 안 하고
느릿느릿 편안하게 흘러가는 대로
펜 움직이는
나, 천하에 몹쓸 시인, 비정한 인식 덩이
굳이 나를 꿰뚫을 필요 있었을까?

반짝 켜졌다가 사라지는 도깨비불 같았던 그녀, 그녀를 정말 나는 좋아했을까? 그 속에서 달그락거리는 영혼의 소리를 정말 못 들은 체했을까? 동분서주 절망을 가로지르던 그 빛을 정말 못 본 체했을까?

영영 꺼질 줄 모르는 적막처럼

그러나 나는 고집이 세다.
그녀와 나 사이에 아무것도 남은 게 없고
반짝이는 도깨비불 이제 다시는 찾아보기 어렵다 해도
저기 저 달콤하기 이를 데 없는
죽음의 집,
그 황망한 폭력 앞에 나를 맞세우진 않겠다.
그 허덕이는 불경한 사랑,
죽은 자들의 머리 위로는
이 지독하고 단단한 일인칭인 나를!

자존심

뱀이 유혹하자 나는 그것을 따먹었다
그러고는 푹푹 썩었다
썩으면서도 날아들어갔다
가장 밝고 뜨거운 불 속으로
이카로스처럼 찬란하게

친구야, 나는……

친구야, 나는 너희들이 좋단다
문 가까이 귀를 너무 바짝 대지 마
때로는 문틈으로 스며드는 바람에
마음 베일 때도 있으니
내가 좋아하는 너희들의 지적 조심성으로
똑 똑 똑 두드리기만 해
그럼 나 문 열어줄게
문 안의 활력 다 보여줄게
봄 여름 가을 겨울 그렇게 사시사철
뜨겁게 찻물 데워놓을게
우린 자꾸 나이들고
틀 속에 갇힐 때가 잦아지지
반쯤은 눈을 뜬 채
악몽을 꾸기도 하지
산발적인 쾌감 때문에
아무 곳으로나 칼을 던지기도 하지
그러나 라일락 향기 밑이나
노랗게 은행나무 눈부시게 노래하는 길목에선
꼬옥 손을 잡지
숨지 마 돌아서지 마
당당히 당대의 핏줄답게
함께 걸어가자꾸나
나는 너희들이 좋단다
주머니 속에 꼭꼭 숨긴 은장도

나 빼앗지 않을게
무엇보다도 소중한 너희들의 앞가슴
절대 넘보지 않을게
나는 그냥 불만 지필게
아름답게 불꽃만 지펴올릴게
떠돌지 마 떠돌게 하지 마
내가 좋아하는 너희들 자유로운 부리로
톡톡 튀는 불씨
식탁으로 물어와
사람 사는 모습 그대로
수저를 들자꾸나
새와 바람이 다니는 남녘 창만 열어놓고
친구야, 나는 너희들이 좋단다

한줌의 흙

밤늦게 돌아와 설거지통을 바라본다
설거지통 안엔 큰 그릇 작은 그릇 큰 컵 작은 컵 수저 등이
서로 뒤섞인 채 물장구치고 있었다

큰 그릇이 되어라
태어나 처음 들은 말이 그것이었고
자라면서 줄창 들은 말도 그것이었다

큰 그릇

하여 큰 그릇은 나와 상의 한마디 없이
유유히 나를 담고 내 유년을 담고 내 청춘을 담고
내 중년의 여기, 이곳까지 흘러왔다

그러나 인제 나는, 정말 인제 나는……

작은 그릇이 되고 싶다
한 사람만, 한 시절만 들어와 살 수 있는
아주 작고 참한 그릇,
작은 컵이 되고 싶다
물도 한 모금만 담고,
별도 한 개만, 꽃도 한 송이만, 금붕어도 한 마리만,
밥도 한 공기만, 고통도 한 움큼만……

그렇게 세월아 흘러라
나는 한줌의 생각만 하다가
한줌의 삶만 살다가
흔쾌히
한줌의 흙으로 돌아가고 싶다

기권

깔 깔 깔
죽어서도 웃는 숙녀분들이
어둠 속의 신사분들이
달밤을 건드린다
늦은 밤을 집적인다

저 웃음을 지나 나는 집으로 돌아가야 하는데
가면서 저 웃음 길안에 다 버리고 가야 하는데
수상쩍은 술 몇 잔에 마음이 뭉개지는구나
가엾은 두 귀가 내려앉는구나

컹 컹 컹
늦은 밤 개 짖는 소리
그래, 개라도 짖어야지
짖어서 어둠 속의 신사 숙녀분들
제자리 찾게 해야지
한번 잃은 인심 참으로 되찾기 어렵구나
나날이 악몽이구나

이제 그만 그만 그만
불면의 내 달밤 그만 울리고
새파란 한낮에 찾아와라
깔 깔 깔
웃음 속에 짓밟힌 내 가엾은 두 귀

그 안에
혹 별이라도 떨어져 있으면
이슬이라도 묻어 있으면

다아 줄게
다아 줄게
반짝이는 것은 모조리 다아……

아버지

아버지는 책 속에 있다
내가 존재의 꺼풀을 한 겹 한 겹 벗길 때
아버지의 빛나는 눈동자
책 속에 숨어 있다 스스로 일어나
내 두 눈 밝혀주었다

상처 난 곤충처럼 드러누워 땅바닥을 기어갈 때
아버지 고른 숨소리
넘기는 책갈피에 스며 있다
내 등 쓸어주었다

소란스러운 사람들의 입방아 소리에
환한 침묵의 뜻 저절로 익혔을 때
아버지 책장 속의 무한한 감옥 보여주었다
그곳에 조용히 눕는 법도

따뜻한 햇볕 가슴으로 끌어들이듯
아버지 살아 있는 책 넘기며
이 우거진 삶의 놀라운 아픔의 신비
겸허하게 읽어내는 법
그때 알았다

들어가도 들어가도 끝이 없는
아버지

생생히 내 알맹이 그리기도 지우기도 하는
아버지 살아 있는 책
그 광휘 안에 거침없이 서고 싶어서
아버지처럼 서고 싶어서

나는 읽는다
오늘도 아버지를 읽는다
아버지는 현존했던 나의 유일한
남자이시고
책은 그 무덤이므로—

보리밭

보리밭 밟은 지 오래되었다
바다가 보이는 언덕을 넘어
대지에 잠복해 있다 떠오르는 것 같던 보리밭
한참을 따라가던

그때가 언제였나

즐거움, 즐거움을 눈 속에 모으며
모든 의미가
철없는 사명감이었던 어린 시절

그때의 우리 몸엔 창문들이 많았다
유리창떠들썩팔랑나비처럼
몸 구석구석에서 창문들이 소리 내며 열렸다

그때가 언제였나

사방에 적을 두고
친구여, 지금 우리가 이야기하는 건
기껏해야 합리의 소용돌이,
몇 순간 후면 사라질 것들뿐이지만

필필필필
보리피리 불며

찰랑찰랑 넘쳐나는 미래에
억척같던 가난도, 궁색한 땀내도
좀체로 질리지 않던
그때 그 시절

다시 한번 돌아가볼 수 있다면

이 한밤 내리는 눈으로든
비로든 이슬로든
흙투성이 보리밭
그때처럼 밟아보고 싶다

그때가 언제였나
아득한 보리밭

즐거운 생각

나는 상상했습니다
그들, 일인칭이 아닌 모든 사람들의 노질을
그들이 저어가는 배의 방향들을
때로는 하루종일
때로는 밤이 새도록

멜로드라마, 사이코드라마, 홈드라마, 폭로, 스릴, 서스펜스……
한때는 상상의 범주에 넣어주지도 않던 그런 망상들을
하고, 또 했습니다

그러다보니
시간이 흐를수록
날이 지나갈수록
하나둘 그들이 사라지기 시작하더군요
처음엔 드라마가
그다음엔 얼굴이
그다음엔 이름들이
그들의 온갖 이미지들이 다 사라지더군요

참 이상하게도
그들을 봐도
그들을 만나도
이제는 아무런 생각이 없었습니다

아무런 생각이 없어지니까
대신 그곳에 커다란 구멍이 생기더군요

나는 그 구멍하고 놀았습니다

기묘한 구멍, 쓸쓸한 구멍, 끔찍한 구멍, 서러운 구멍, 특이한 구멍, 찬란한 구멍……

언젠가는 그 구멍도 사라지겠지요
나 혼자만 동그마니 이 세상에 남게 되겠지요
그러면 그땐 또 분명히 두리번두리번 다른 놀이를 찾게 되겠지요
무서워하지 않고, 성급해하지 않으며
주변을 다시 환하게 해줄 그런 놀이를
아니, 어쩌면 그때야말로 비로소
환한 주변을 갖게 될는지도 모르지요

길가의 돌멩이 하나
풀 한 포기
벌레 한 마리조차도 예사롭지 않게 될 테니까요

상상만 해도 막 즐거워집니다
그런 생각만 하고
살고 있으니까요

그런 생각만 하며
살아가니까요

잃어버린 시간

1

드가의 무희처럼 날렵한 내 발목을 누군가가 잡았다
구두가 벗겨지고 흘러내리는 치마 사이로 얼굴이 파고들었다
새벽이었다 낡고 서늘한 바람이 머리카락 속으로 스며들었다
연민인가?
아니면 사랑의 끔찍한 본체인가?
죽은 여자의 영상이 내 심장을 찔렀다
텅 빈 동공이 내 목을 졸랐다
그 이전에 이미 그 이후를 계산했어야 했다
수상한 바람들의 정체를
보이지 않는 입김들의 죄를 헤엄쳐나갈 수 있어야 했다
내 표정이 문제였다 마치 누군가와 약속이 있는 듯한 내 포즈가 문제였다
주저하지 않고
거침없이 뱉어내는 내 주사위가 문제였다
상관없어, 상관없어,
그렇게 소리치는 것이 아니었다
다리를 쭉 뻗고 모여드는 현기를 들어올렸다
환멸인가?
아니면 턱없이 무거운 배반감인가?
나를 사로잡고 놓아주지 않는 건 죽은 여자가 아니었다
살아서 춤추는 사람들이었다

실내화를 고쳐 신고 빛이 보이는 구석에 둘러앉아
하하하하 목젖이 기울어지도록 입을 벌리고 있는 사람들이었다

선배님, 김선배님……
아무도 없는 도로를 타고 나는 새벽길을 달렸다
눈이 빠지고 귀가 떨어지고 입술이 굳어갔다
몸에선 확확 분노의 단내가 솟아나고 있었다
지독하군
나는 김선배님의 차양에 엎드려 눈물을 쏟았다 혹독한 구토가 가슴을 때렸다
서서히 그렇게 한 여자는 죽어갔다
다시는 죽음을 투시하지 않겠다 제자리걸음도 하지 않겠다
발가벗은 몸으로 잘게 잘게 나를 썰어 허공에 뿌리겠다

소설을 쓰고 있냐고 했던가?
공유한 부분이 하나도 없는 내게 그렇게 말했던가?
웃기지 마라
나는 한 번도 내 것이 아닌 것에 손댄 적이 없다
헛것을 보고 짖는 달빛조차 거부한 사람이다
낡은 피딱지 하나 달랑 들고 와선 그렇게도 내 몸을 얼룩지게 하고 싶었나?
잔인한 새벽의 그 골목길에서, 그 멋진 상징으로?

나는 흐르는 도랑물에 세수를 했다 차가운 물방울들이
조금씩 조금씩 내 의식을 깨웠다
도로에 주저앉아 날이 밝아오는 것을 바라보았다
죽은 사람은 말이 없고 악덕은 소극적으로 서서히 한 영혼을 파먹어갈 것이다
주의력을 빼앗고 시선을 풀고 자꾸만 뒤돌아보게 할 것이다
하얀 눈 위에 찍은 발자국처럼
나는 분노를 밀어냈다 이해하지 못할 게 있었던가?
나를 뚫고 지나간 화살은, 그 기억만으로도 제 몫을 다한 것이다
저항하지 말자 이것은 시초에 불과하다
나는 품속으로 달걀을 집어넣었다 병아리가 되어 나오든 썩어 문드러지든
격정은 단 한 번이면 된다
이런 통고, 이런 파괴는 내 취향이 아니다
단칼에 날 잘라버려라
내 맞은편 의자에 앉아 있는 이여, 그대도 이런 죽음을 꿈꾸는가?
이런 지겨운 릴레이를?
오, 꿈같은 여자여 남자여
사랑의 정당방위에만 눈먼 자들이여
여자와 남자 위로 쌓이는 황홀이 그리도 하찮아 보이더냐?

그리도 우습게 보이더냐?

황홀을 햇볕에 말리는 사람도 있다 바싹바싹 말려 날마다 그것을 혼자서 삼키는 사람도 있다 어둠의 깊이만 깊이더냐?

빛의 한가운데에서 목이 메는 사람도 있다

절대 흥분하지 않는 죽음,

그 눈부신 적막의 황야도 모르면서 유령처럼 벨트를 풀고 블라우스를 벗었는가?

그 공허한 상징 앞에 무릎을 꿇고 육체에 불을 지폈는가?

바닥으로 뚝뚝 떨어지는 핏방울, 그 너덜너덜해진 장미 문양은 그대의 것이던가? 그녀의 것이던가? 폭발하는, 폭발하는 운명의 속임수이던가?

한 여자가 죽고,

남은 사람들은 소독하듯 아스트리젠트로 마음을 닦아내었다

여자들은 다시 립스틱을 바르고 아이섀도를 칠하고

남자들은 모자를 쓰고 술을 따랐다

경솔한 자나 특별한 자나 눈감고 입다문 보편적 수레 앞을 지나갈 때엔 새삼 이렇듯 초라해지는 것일까?

2

다시는 그들을 보고 싶지 않다

이빨을 다 드러내놓고 시시덕거리던 경박한 운명의 흔적들에서
나는 힘차게 뛰어오른다
잃어버린 그 시간 밖으로 토슈즈를 신고
나는 듯이
날아오르는 듯이
이 지상을 훨훨……

누가

기억의 페달을 느릿느릿 밟으며, 누가 과거를 이야기하는가? 마치 백마 탄 기사를 바람맞히고, 떠오르는 태양 아래 절절 그를 울리기나 한 것처럼 이십대를, 이십대의 그 빛나던 자존심을 이야기하는가?

쓸쓸했던 난간을 붙잡고 바닷속 해초처럼 너울거리는 사랑 쪽에만 집중적으로 몰입해가면서, 누가 과거 속에 자신을 소속시키려 노력하는가?

누가 미래를 염려하며 앞날을 예견하는가? 과거 또한 우리를 뒤쫓고 그 기억 또한 커다란 공포가 되어 아연실색 맥을 놓고 있는데, 누가 햇볕에 바랜 말뚝에 앉아 한 잔의 차를 약속하고 약속된 담배에 불을 붙이는가?

머리 위로 머리 위로 내려앉는 까마귀떼, 신나게 배꼽을 잡고 비웃는 바람 속에서 누가?

시민 케이

그 여자는 시민이다
친구도 아니고 적도 아닌 세계의 시민
시민적 머리에 물든 양이다
양의 얼굴을 한 암늑대이다
깊은 계곡의 섬뜩한 바람 앞에서만 얼굴 붉힐 줄 아는
제복 입은 아들을 낳지도 낳은 적도 없는
분노할 줄 모르는 어머니,
피 흘린 적 없는 피조물이다

신한국을 위해 꼬박꼬박 세금을 내고
신사고, 신범죄, 신스캔들의 뜨거운 종탑 아래에서
열심히 사랑의 만족도와 비와 책에 매달리는
그러나 따지고 보면 죽은 시민이다
쓰고 달콤하게 증류된 꼭두각시이다
매달 받는 월급의 액수만큼만
자신을 보장할 수 있는 그 여자,
시민 케이

그 무덤에 불을 질러라
덧없는, 덧없는 그 생존에 찬물을 끼얹어라
민감하게 조각조각 이어붙인 시민권,
그 에는 듯한 무의미의 공포에!

문학동네포에지 067

모자는 인간을 만든다

초판 인쇄 2023년 1월 25일
초판 발행 2023년 2월 6일

지은이—김상미
책임편집—김민정
편집—유성원 김동휘 권현승 유정서
표지 디자인—이기준 김문비
본문 디자인—김문비
마케팅—정민호 이숙재 김도윤 한민아 이민경 정유선 김수인
브랜딩—함유지 함근아 김희숙 고보미 박민재 박진희 정승민
제작—강신은 김동욱 임현식
제작처—영신사

펴낸곳—(주)문학동네
펴낸이—김소영
출판등록—1993년 10월 22일 제2003-000045호
주소—10881 경기도 파주시 회동길 210
전자우편—editor@munhak.com
대표전화—031-955-8888 / 팩스—031-955-8855
문의전화—031-955-2696(마케팅), 031-955-8865(편집)
문학동네카페—http://cafe.naver.com/mhdn
인스타그램—@munhakdongne / 트위터—@munhakdongne
북클럽문학동네—http://bookclubmunhak.com

ISBN 978-89-546-9021-8 03810

www.munhak.com

문학동네